D

Moi le loup et les chocos

EDITIONS THIERRY MAGNIER

Chapitre 1

D'habitude quand je rentre de l'école,
il ne se passe jamais rien.

Un chien qui **parle** !

Je suis **le Grand Méchant Loup**

(celui qui fait très peur)...
tu sais ?

Ben dis donc
t'es un peu mité
c'est pas la forme.

Plus personne
ne croit en moi
je ne fais plus peur
c'est fini.

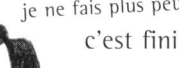

Bah fais pas cette tête
viens, allez.

Déjà on va goûter

déjà.

Et c'est ainsi que
le Grand Méchant Loup
(le vrai) est venu habiter
dans mon placard.

À demain.

À demain.

Le plus dur, ça a été de rien dire à mes copains.
Avec ça, j'aurais pu drôlement crâner à l'école.

Chapitre 2

Maman trouvait que j'avais beaucoup plus d'appétit,
d'un coup.

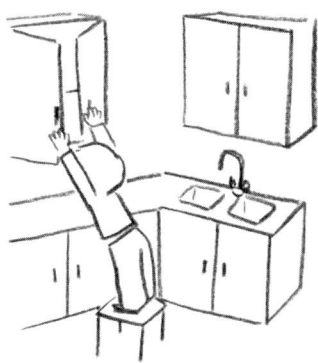

Sors de là !
Viens manger !

T'aimes pas les chocos ?

Toute façon j'ai rien d'autre

demain je te garderai mon p'tit-suisse de la cantine.

Crunk

Chapitre 3

C'était pas tous les jours facile. Il est têtu, lui.

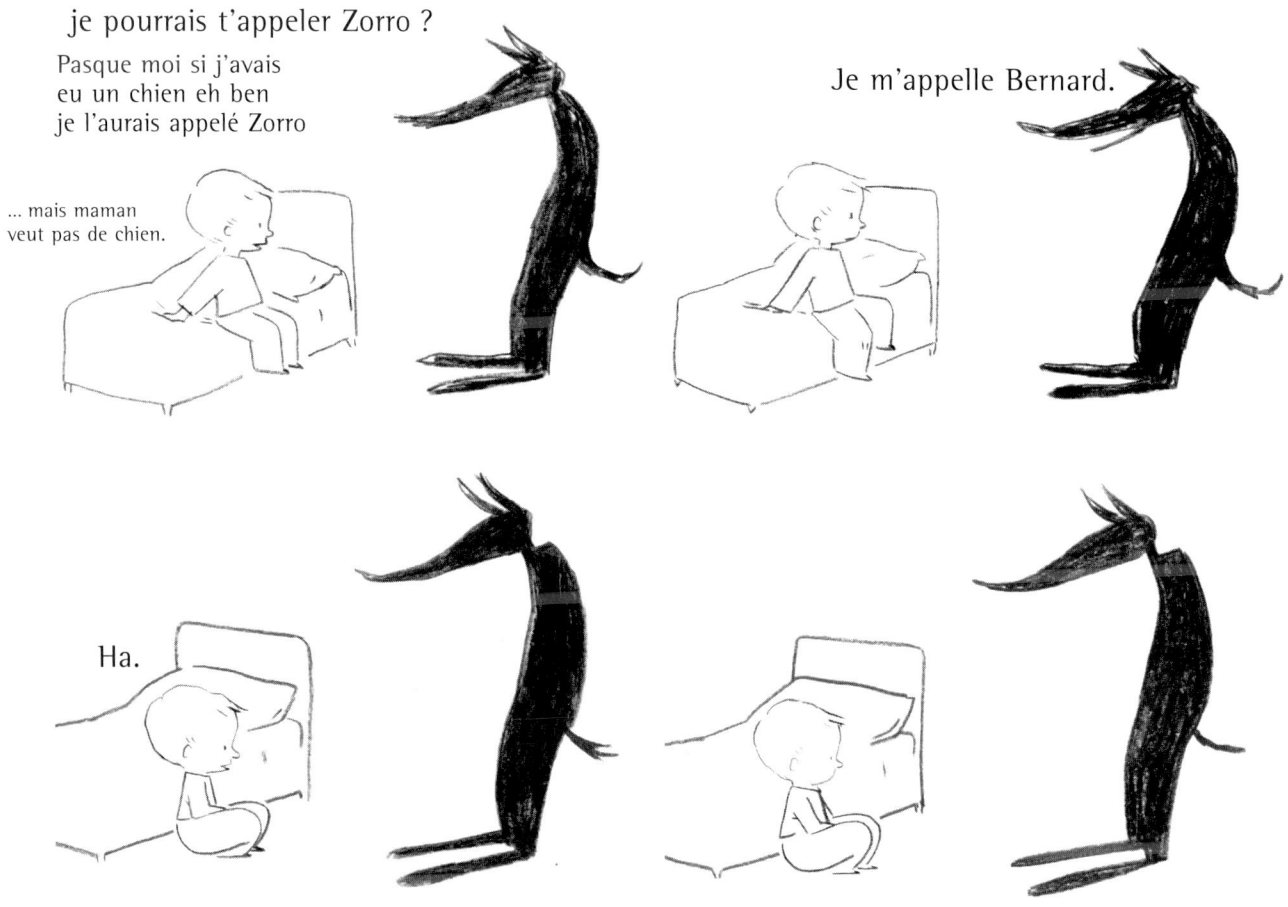

Pasque...
tu vois
Bernard
c'est le nom de
mon grand-oncle
celui qui sent le savon

alors...

J'avais pensé...

Grôôôô

J'ai faim.

J'ai ramené des p'tits-suisses de la cantine...

Un pour toi, un pour moi

... mais bon, si tu voulais bien t'appeler Zorro par exemple, je pourrais te donner les deux.

Alors ?

— S'ils sont à la fraise... d'accord.

Chapitre 4

Moi, ça m'a fait tout drôle de devoir faire la maîtresse.

Alors
tu vois
le loup y court après la chair fraîche
là c'est le loup

il doit faire
très peur
tu vois.

Regarde.

Ben...

Eh !

T'es où ?

— Ben dis
   fais un effort quand même !

Allez,
   c'est ton tour !

Ouaich

c'est pas
gagné...

Bon.
   On va essayer avec la lampe.

Chapitre 5

Parfois il fallait lui remonter le moral.
C'était quand même mon copain, le loup.

Bah quesqu'y a ?

... J'ai essayé de manger ta sœur.

Oooh... c'est bon tu peux y aller c'est une vraie peste.

Mais si je mange pas les enfants, personne va me respecter moi, je suis le Grand Méchant Loup, à qui je vais faire peur si on sait que je mange que des chocos ?

Bah, tu vas pas abandonner ... et tout ce qu'on a fait alors ?

On va continuer... tu vas voir ça va aller.

Allez viens on va regarder la télé c'est bientôt Zorro

... et y'a des chocos dans le placard.

Chapitre 6

Je me demandais ce qu'il faisait quand j'étais à l'école.

J'y étais presque.

Bouh !

Chapitre 7

On avait tous les deux un sacré caractère.

Une surprise ?

Une **boîte** !

Il faut que
tu grossisses,
pi que tu manges
de la viande.

Fais voir ?

P't-être même qu'après
t'auras envie de
manger des gens.

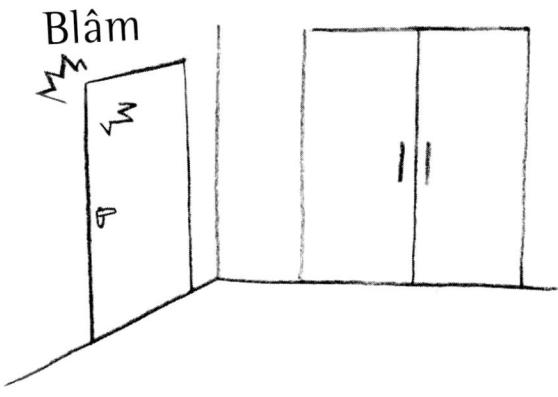

Chapitre 8

Quand même, on rigolait bien.

Tu m'auras pas visage pâle !

Rends-toi tu es fait !

Tiens...

J't'ai eu !

Rends-toi ! Ah oui mais non, regarde le calendrier...

C'est le jour de la pesée on va voir si j'ai grossi !

Pff c'est pas du jeu... j't'avais. « C'est pas du jeu »... la pesée c'est plus **important.**

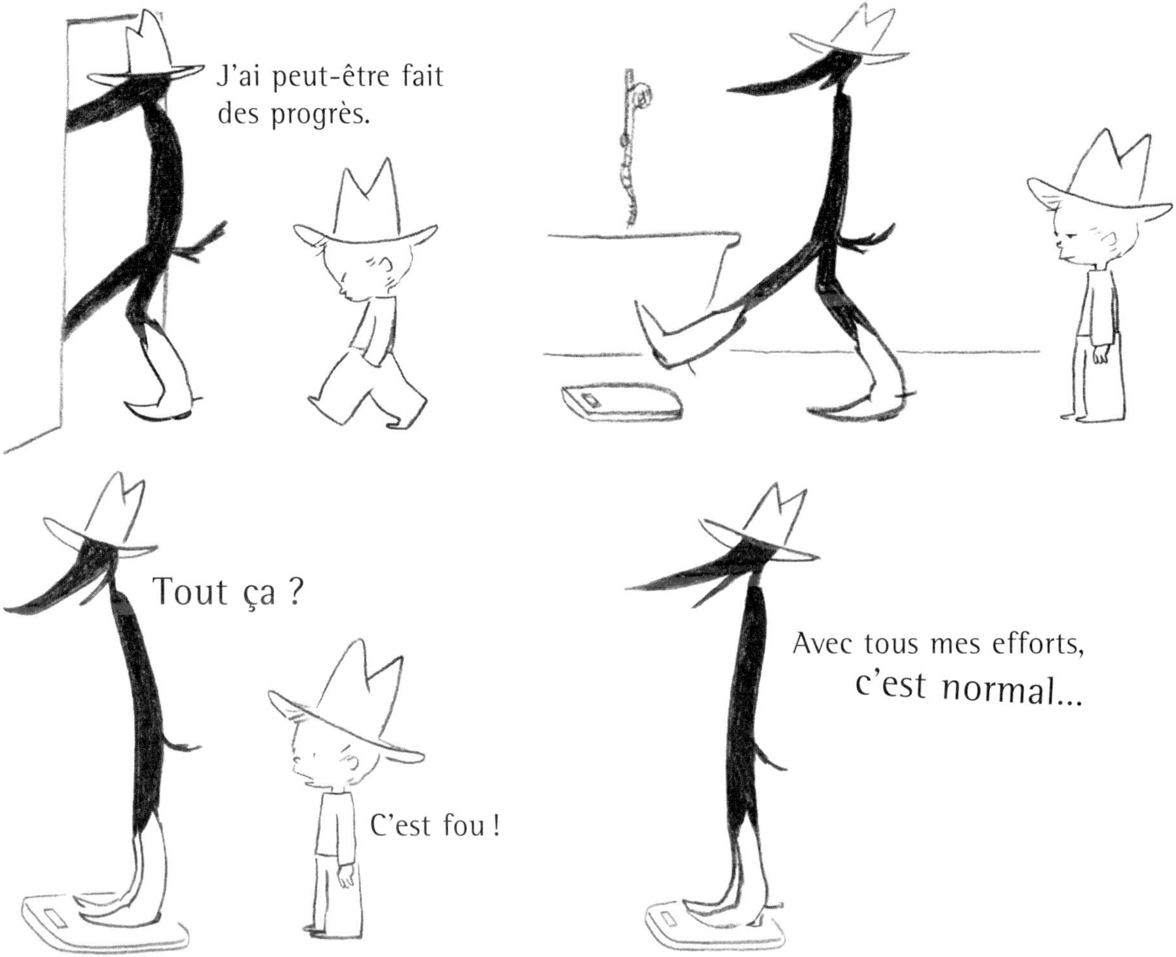
J'ai peut-être fait des progrès.
Tout ça ?
C'est fou !
Avec tous mes efforts, c'est normal...

Mais...

Enlève ça pour voir ?

Alors ?

Boooh...
c'est pas du jeu.

Chapitre 9

Et puis Zorro-Bernard a fait de plus en plus de progrès...

RAAA
RAAAAAA
RAAAAAA

Dis donc
qu'est-ce que
tu fabriques
t'en fais
du bruit ?

C'est que tu vois
je suis le justicier masqué
j'étais en train
de me battre
avec un méchant (je gagnais)
avec un monstre poilu
énoOOOOrme !

Bon c'est l'heure d'aller te coucher

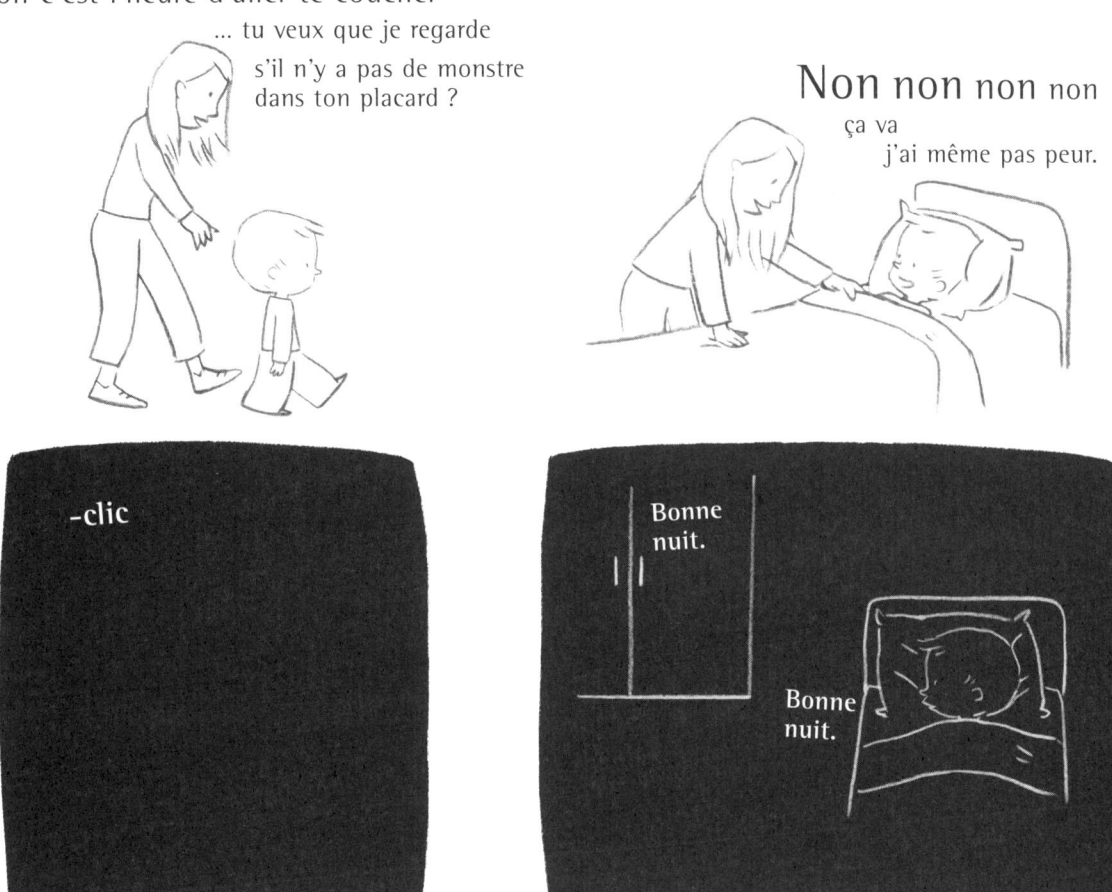

... tu veux que je regarde s'il n'y a pas de monstre dans ton placard ?

Non non non non ça va j'ai même pas peur.

-clic

Bonne nuit.

Bonne nuit.

Chapitre 10

... carrément beaucoup de progrès.

Ben où il est encore...

Zorro ?

Bernard ?

Bernard !!! T'es devant la télé ou quoi ?!

J'te préviens
c'est moi qui prends
la télécommande.

?

RAAAA
iiiiii

i i i i i i

Hé ! hé ! hé !

Hi hi...

Chapitre 11

Et un matin, j'ai connu mon record de vitesse
pour aller à l'école.

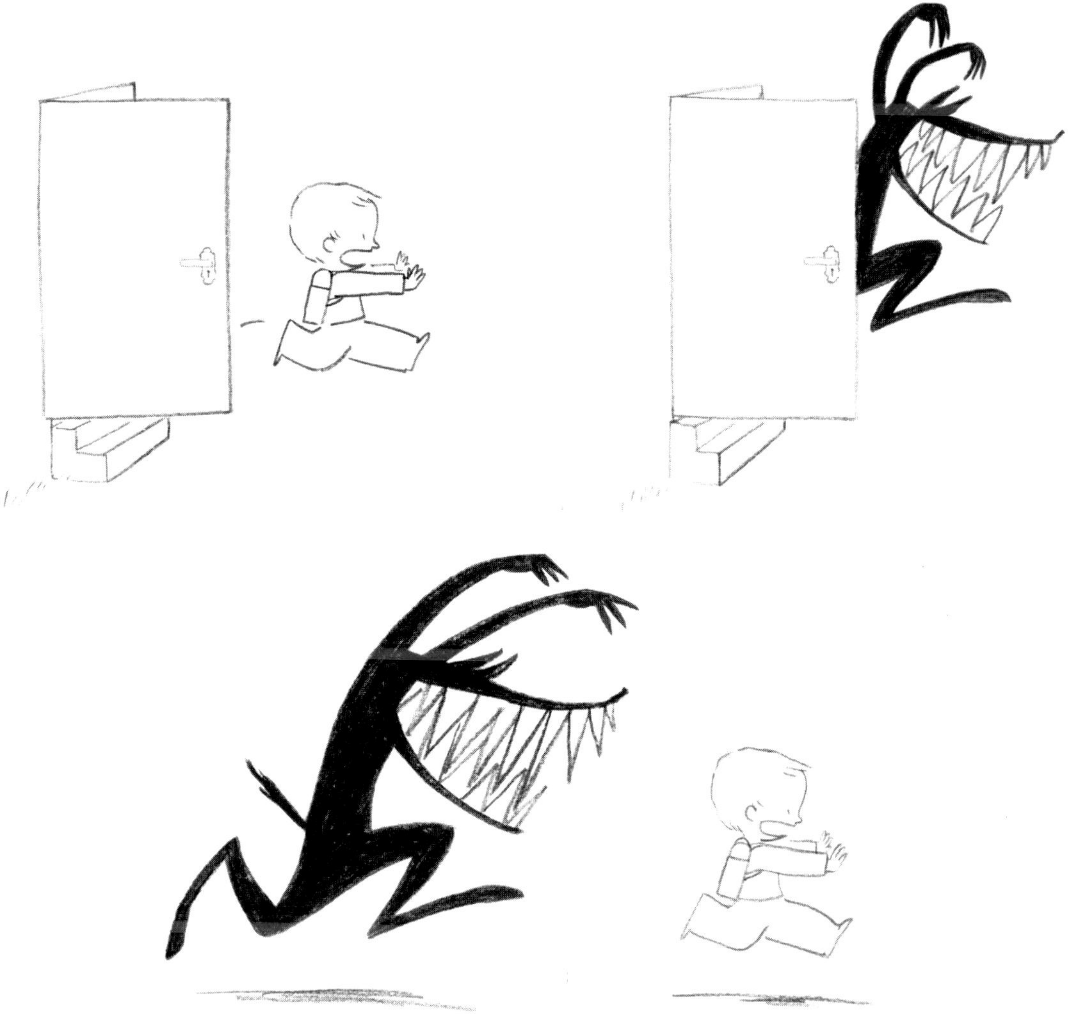

Alors ?

Ça a marché.

Tout le monde a eu peur de toi à l'école.

Tiens j'ai amené des chocos.

À quoi ? Au chocolat ?

(moi si j'avais un chien je l'appellerais Bernard)